La fatigante et le fainéant

La fatigante et le fainéant

un roman de

François Barcelo

illustré par Anne Villeneuve

SOULIÈRES ÉDITEUR

case postale 36563 — 598, rue Victoria
Saint-Lambert (Québec) J4P 3S8

Soulières éditeur remercie le Conseil des Arts du Canada et la SODEC de l'aide accordée à son programme de publication et reconnaît l'aide financière du gouvernement du Canada par l'entremise du Programme d'Aide au Développement de l'Industrie de l'Édition (PADIÉ) pour ses activités d'édition. Soulières éditeur bénéficie également du Programme de crédit d'impôt pour l'édition de livres – Gestion Sodec – du gouvernement du Québec.

Dépôt légal: 2006
Bibliothèque nationale du Canada
Bibliothèque et Archives nationales du Québec

**Données de catalogage avant publication
de Bibliothèque et Archives Canada**

Barcelo, François.

La fatigante et le fainéant
(Collection Chat de gouttière ; 24)

Pour les jeunes de 9 ans et plus.

ISBN-13: 978-2-89607-043-5
ISBN-10: 2-89607-043-5

I. Villeneuve, Anne II. Titre. III. Collection.

PS8553.A761F37 2006   jC843'.54   C2006-940809-2
PS9553.A761F37 2006

Illustration de la couverture
et illustrations intérieures :
Anne Villeneuve

Conception graphique de la couverture :
Annie Pencrec'h

Les jeunes du quartier m'appellent la fatigante.

C'est parce que, l'été, j'adore m'asseoir sur ma galerie et les regarder jouer au baseball dans le parc, en face de chez moi.

Chaque fois qu'ils envoient leur balle sur le petit coin de pelouse, devant ma porte, je m'en empare et je leur crie d'aller jouer ailleurs. C'est un parc d'embellissement, pas un terrain de jeux. Ils n'ont qu'à aller jouer dans le parc de la Douzième avenue, il est fait pour ça.

Comme je refuse de leur remettre leur balle, ils me traitent de fatigante.

Et ils ajoutent presque toujours entre *la* et *fatigante* un gros mot que je n'ose pas répéter ici.

Au moins, l'hiver, je suis tranquille. Pas de baseball, pas de balles sur ma pelouse.

Ce matin, il neige. D'habitude, j'en profite pour rester chez moi avec un bon livre. Mais j'ai rendez-vous à onze heures chez mon médecin.

J'ai toujours pris soin de ma santé : je n'ai jamais fumé, je n'ai jamais bu plus qu'un verre de vin par jour. À mon âge, je vois quand même le médecin deux fois par année pour m'assurer que je vais bien.

Mais il y a de la neige plein ma galerie et ça bloque ma porte. Impossible de sortir.

Je vais demander à Zoé de venir déneiger ma galerie. C'est une petite voisine, qui me rend parfois des services. Elle mâche de la gomme tout le temps. Mais elle est quand même mieux que son frère Thomas, un de mes sacripants de joueurs de baseball. Un fainéant de première classe, celui-là. Ça se voit, rien qu'à le regarder marcher en se traînant les pieds sur le trottoir.

Le téléphone sonne et mes parents sont partis travailler. Je suis dans mon lit et je crie :

— Zoé, réponds, c'est pour toi !

Si mon père m'entendait, il me traiterait de paresseux : « On travaille comme des fous pour t'envoyer à l'école, et tu es trop sans cœur pour répondre au téléphone. »

Ce n'est pas de ma faute : le téléphone ne sonne jamais pour moi. En plus, si on me payait pour répondre au téléphone, pour aller à l'école et pour faire le ménage de ma chambre, je vous jure que je travaillerais fort.

Le téléphone sonne toujours. Je me souviens tout à coup que ma sœur m'a crié tout à l'heure : « Lève-toi, Thomas ! La radio vient d'annoncer que ton école reste ouverte. »

Je me suis rendormi. Et il est neuf heures à mon réveille-matin. Je vais être en retard à l'école. Tant qu'à me faire chicaner, autant manquer toute la journée.

Mais ce satané téléphone n'arrête pas de sonner.

Je gage que c'est Stéphane, l'amoureux de ma sœur. Je vais imiter la voix de Zoé. On va rire.

— Allô?

— Bonjour, Zoé…

Ça ne ressemble pas à Stéphane.

— … c'est moi, Charlotte, ta voisine. Tu pourrais venir déneiger ma galerie ?

Pas question que j'aille faire ça pour cette #!@ &% fatikante ! Elle ajoute :

— Je te donne dix dollars.

Zoé ferait n'importe quoi pour de l'argent. Mais on est tous comme ça dans la famille. Et je réponds, toujours avec une voix de fille :

— J'arrive tout de suite.

Il n'y a pas si longtemps, vous donniez un dollar à un jeune et il était prêt à passer toute la journée à dégager votre entrée de garage.

Mais un dollar, ça ne vaut plus grand-chose, aujourd'hui. Si j'échappe une pièce d'un dollar sur le trottoir, je ne me penche pas pour la ramasser. Quelqu'un pourrait me voir et me prendre pour une vieille radine. En plus, ça risquerait de me faire mal au dos.

Il n'empêche que j'ai exagéré en offrant dix dollars à Zoé pour cinq minutes de travail.

Il faut dire que j'étais énervée, à cause de ce rendez-vous chez mon médecin. Je ne peux quand même pas rappeler Zoé pour lui dire que cinq dollars c'est bien assez pour quelques coups de pelle.

Elle n'arrive pas vite, la Zoé. Si son école n'est pas fermée à cause de la tempête, elle va être en retard. Ce n'est pas une mauvaise fille, mais elle est comme tous les jeunes d'aujourd'hui, prête à manquer l'école pour un rien. Je l'imagine d'ici, qui s'explique à la directrice :

— C'est la faute de ma vieille voisine. Elle devait aller voir son médecin pour une urgence. Il a fallu que je déneige ses marches et sa galerie. Et ça m'a pris toute la journée.

Mais non, je me fais des illusions. Ce n'est pas comme ça que parlent les jeunes d'aujourd'hui. Je parie qu'elle dirait plutôt :

Ah, j'entends des pas devant ma porte. Voilà Zoé, enfin...

Il en est tombé, de la neige ! Mon père va être de mauvaise humeur si je ne déneige pas chez nous. Mais chez nous, je ne reçois pas un sou, alors que la voisine me paye dix dollars. Je vais laisser Zoé s'occuper de notre galerie quand elle va rentrer de l'école. Je suis même prêt à lui offrir deux dollars.

Il vente fort. J'ai bien fait de mettre mon passe-montagne. Je monte mon capuchon sur ma tête.

Je commence par pelleter du trottoir jusqu'aux marches. Je laisse juste assez de place pour passer. Mais la vieille fatikante va dire qu'elle n'en a pas pour son argent. Tant pis : j'enlève la neige sur toute la largeur.

Après, je vais déneiger les trois marches et la galerie. Comme ça, elle n'aura pas d'excuse pour ne pas me payer. En plus, mon père trouve que je ne fais pas assez d'exercice. Quand il va rentrer, ce soir, je vais lui dire :

— Tu sais ce que j'ai fait aujourd'hui, p'pa ? De l'exercice. J'ai pelleté la galerie de la voisine. Puis les marches. Et l'allée jusqu'au trottoir. Je pourrais avoir dix dollars pour aller au cinéma ?

On ne sait jamais : il pourrait oublier de me demander si la voisine m'a payé.

Mais ça m'étonnerait que je fasse ça, parce que je suis sûr que Marilou dirait non. Puis j'aime autant ne pas demander plutôt que de me faire repousser.

Je fais mieux d'aller jeter un coup d'œil en avant. Zoé est gentille, mais elle est fainéante, comme tous les jeunes d'aujourd'hui. Je lui ai demandé de dégager la neige de la galerie. J'aurais dû préciser qu'il faut déneiger aussi l'entrée et les marches. Et je vais lui dire d'enlever la neige, de ne pas se contenter de la pousser sur les côtés, parce que si le vent se lève, ça pourrait la ramener.

J'écarte le rideau de la porte et je regarde où elle en est. Tiens, c'est bizarre : ça ne ressemble pas du tout à Zoé. Et non seulement ce n'est pas elle, ce n'est même pas une fille. C'est un homme !

Et qu'est-ce qu'un homme fait avec une pelle devant chez moi ? Il se fraie un chemin dans la neige pour se rendre jusqu'à ma porte.

Ça ne peut pas être le facteur, il ne passe qu'après midi. Ce n'est pas non plus un livreur de pizzas, je n'en commande jamais. C'est qui, alors ?

Un voleur !

Et moi qui suis allée dire à plusieurs voisins que j'ai rendez-vous chez le médecin, ce matin.

Le voleur a entendu dire que je suis sortie. Il va en profiter pour vider mon logement : mes livres, mes bibelots, mon séchoir à cheveux, tout ! Et que va-t-il faire quand il va s'apercevoir que je suis là ?

Finalement, pelleter, ce n'est pas aussi fatigant que je pensais. C'est comme faire le ménage de ma chambre. Une fois par année, un mois avant Noël parce qu'on va avoir de la visite, mes parents me font une crise : « Pas de ménage, pas de cadeaux. »

Je leur dis que je m'en occupe dans cinq minutes, mais ça ne marche pas éternellement. Après trois ou quatre semaines, je suis bien obligé de m'y mettre. Vous ne me croirez peut-être pas, mais le ménage ce n'est jamais aussi abominablement épuisant qu'on pourrait l'imaginer. Même les choses absolument inutiles, comme mettre tous mes bas ensemble deux par deux.

Ça ne prend pas toute mon énergie. La preuve : j'ai encore la force de regarder la télévision quand j'ai fini.

C'est comme lire un livre. Avant de commencer, on croirait qu'on n'y arrivera jamais. Mais une fois qu'on a lu la première page, ça va tout seul. Oui, il faut tourner la page, mais on fait ça seulement après une page sur deux. Et si le livre est vraiment bon, je finis par tourner les pages sans m'en apercevoir.

La neige, c'est pareil. Quand j'ai pris la pelle, la première fois, elle pesait une tonne. Avec de la neige dedans, une mégatonne. Ensuite, j'ai lancé la neige plus loin. Ça m'a pris toutes mes forces. Mais la deuxième pelletée a été plus facile. Et la troisième, encore plus. Pourtant, je devrais être de plus en plus fatigué. C'est le contraire. Ça doit être l'effet de l'entraînement.

Déjà, j'ai déneigé depuis le trottoir jusqu'aux marches. Je commence à me sentir assez en forme pour continuer même si ça va en montant.

Oui, c'est un voleur. Je ne peux pas me tromper : il cache son visage pour éviter d'être identifié au cas où j'aurais une caméra de surveillance.

Ça ne se passera pas comme ça. Si j'avais un fusil, je lui tirerais dessus. Mais je n'en ai pas. En plus, on n'a pas le droit de tirer sur des voleurs sans dire d'abord « Haut les mains ! »

Je sais ce que je vais faire : appeler la police. C'est fait pour ça, la police, arrêter les voleurs. Et c'est encore mieux quand ils ont la chance de les capturer avant qu'ils aient commis leur méfait.

Je vais au téléphone du salon. Par la fenêtre, je peux surveiller mon voleur, qui a l'air de plus en plus agité et qui essaie de se cacher en faisant virevolter de la neige autour de lui.

Je fais le 9-1-1. C'est le numéro des urgences. Je le fais parfois quand les jeunes jouent au baseball dans le parc, en face.

— Vite ! J'ai un voleur qui essaye d'entrer chez moi.

Une voix de femme demande :

— Est-ce qu'il est armé ?

Je regarde par la fenêtre. Je ne vois pas d'arme. Mais une pelle, ça peut être un outil mortel si on frappe fort et sur le crâne. Surtout sur un crâne de vieille.

— Il a une pelle. Une grosse, à part ça. Faites vite, il a déjà commencé à prendre tout ce qu'il peut trouver.

— Et qu'est-ce qu'il vole ?

J'observe encore mon cambrioleur. La réponse est évidente :

Tiens, une sirène de police. Un vol de banque, peut-être ? J'aimerais ça, être policier et gagner de l'argent à conduire une auto à toute vitesse en poursuivant des bandits.

L'auto s'approche. Je me demande où elle va ? Elle s'arrête. Juste devant chez la voisine. Je regarde dans le parc, en face. L'été, les policiers viennent souvent nous dire que c'est un parc d'embellissement, pas un parc pour le baseball et qu'il faut aller jouer dans le parc de la Douzième avenue.

Mais on n'est pas en été.

C'est Moreau qui sort de la voiture de police. Je le connais. Quand la fatikante se plaint parce qu'on est encore dans le parc après dix heures, c'est presque tout le temps lui qui vient nous parler. Il nous parle poliment, il nous dit qu'on fait trop de bruit. On promet qu'on va parler moins fort, en lui disant ça poliment nous autres aussi. On parle avec lui comme ça jusqu'à onze heures. Et à onze heures il est temps de rentrer chez nous de toute façon.

— Thomas, veux-tu bien me dire ce que tu fais là ?

Il est gentil, l'agent Moreau, mais ce n'est pas une lumière. J'ai une pelle dans les mains. Ça ne se voit pas que je suis en train de pelleter de la neige ?

— Il me semble que c'est à côté que tu habites, pas ici.

— Oui, mais la voisine m'a demandé de venir déneiger.

— On dirait qu'elle a oublié. Elle doit être Alzheimer. Je vais lui parler.

L a police est arrivée. Le voleur n'a pas eu le temps de se sauver. Mais le policier ne se dépêche pas de lui mettre les menottes.

C'est l'agent Moreau. C'est souvent lui qui vient quand je téléphone à cause des jeunes dans le parc. Il ne fait peur à personne, parce qu'ils reviennent le lendemain jouer au baseball ou parler jusqu'à des heures impossibles. À sa place, je les enverrais en prison. Mais il m'a expliqué que les prisons sont déjà pleines de criminels – des assassins, des violeurs, des agresseurs d'enfants. J'ai répliqué qu'ils n'ont qu'à construire plus de prisons. Il m'a dit d'en parler à mon député.

Il sonne à la porte. Je vais ouvrir.

— Madame Lagacé, bonjour.

— Bonjour, monsieur Moreau.

— Vous n'avez pas demandé à ce jeune homme de venir déneiger chez vous ?

— Jamais de la vie !

J'étire le cou pour voir quel criminel se cache derrière l'agent. Je le reconnais, parce qu'il vient de baisser son passe-montagne : c'est le frère de Zoé.

— J'ai demandé à sa sœur. Pas à lui.

— Elle ne pouvait pas, je suis venu à sa place, explique mon voleur de neige.

Le policier se tourne vers moi.

— Écoutez, madame Lagacé, à l'avenir, téléphonez au 9-1-1 quand c'est vraiment urgent – il y a le feu, ou quelqu'un est en train de vous assassiner. Mais quand quelqu'un déneige votre galerie ou joue dans le parc, appelez-moi donc à mon cellulaire personnel.

Il me montre un numéro dans son calepin.

Il ne doit pas faire confiance à ma mémoire, parce qu'il détache la feuille et me la donne.

Pour venir déneiger chez ma voisine, j'ai renoncé à une belle journée à ne rien faire. Et qu'est-ce qu'elle fait, la fatikante ? Elle appelle la police !

J'ai presque envie de remettre toute la neige là où elle était tombée. Après, je vais aller en chercher d'autre chez les voisins. Ça tombe bien : les voisins, c'est nous. Je pourrai demander dix dollars à mon père pour avoir déneigé notre galerie. Je ne perdrai pas un sou.

Aussi bien me remettre au travail. Elle va être obligée de me payer. Sinon, c'est moi qui appelle la police !

Sauf que je commence à être fatigué. D'après mon père, quand on a un gros travail à faire, le mieux c'est de le séparer en petits morceaux. Et ça devient facile. Surtout pour un fainéant comme moi, d'après lui.

Je m'y remets, un coup de pelle à la fois. Combien ça va m'en faire ? Et combien ça va me payer par coup de pelle ? Si ça prend mille pelletées pour dix dollars, ça fait mille sous, divisés par mille. Un sou seulement. Un salaire de misère ! Mais si c'est cent pelletées, ça fait dix sous du coup de pelle. Pas si mal, pour un pelleteur amateur.

Je continue, en comptant jusqu'à dix. Déjà un dollar ! Et les marches sont finies. Il ne me reste plus que la galerie. Vingt pelletées, je dirais. Je suis en train de devenir le fainéant le plus travaillant de l'univers !

J'ai honte de moi. Ce garçon accepte de remplacer sa sœur pour venir me dépanner. Et qu'est-ce que je fais ? J'appelle la police ! Un peu plus, et je dirais que les jeunes du quartier ont raison de m'appeler « la &%$!* fatigante ! »

Je le fais travailler pour trois fois rien. Dix dollars pour des milliers de coups de pelle. Et il travaille dehors, au froid, dans le vent.

De plus, ce vaillant garçon continue comme si de rien n'était, même si je l'ai dénoncé à la police.

Je sais ce que je vais faire. Je vais lui donner plus que les dix dollars promis. On donne un pourboire dans les restaurants, pourquoi on n'en donnerait pas aux gens qui s'épuisent pour nous rendre service ?

Au restaurant, c'est quinze pour cent. Ce n'est pas beaucoup, quinze pour cent de dix dollars. Tiens, je vais lui donner un dollar entier de pourboire. Il ne pourra pas dire que je suis une vieille radine.

Je le regarde. Tout à l'heure, il a fait une pause. Pas facile, travailler par un froid pareil. Mais il s'y est remis avec ardeur et la neige vole de nouveau autour de lui. On dirait presque une souffleuse.

Il a quasiment fini. Je vais lui offrir d'entrer prendre un bon chocolat chaud.

J'ouvre la porte et je crie à la tornade de neige :

Du chocolat chaud ? Elle me prend pour un bébé. Plus personne ne prend ça à partir de sept, huit ans, maintenant. Je donne mon dernier coup de pelle avant de répondre :

— Non, mais je prendrais du Superade si vous en avez.

Le Superade, c'est une boisson pour les jeunes pas trop jeunes. Il paraît que ça donne de l'énergie. En plus, la bouteille est vachement belle.

Je parle fort parce que les vieux, c'est souvent sourd. Mais je pense plutôt qu'elle ne sait pas ce que c'est. Elle n'a même jamais entendu le nom. Si c'est comme ça...

— Du chocolat chaud, ça va faire pareil.

— Entre, avant de geler tout rond.

Je laisse la pelle sur la galerie et je suis la vieille dans sa maison.

Tout ce qu'il me reste à faire aujourd'hui, c'est de retourner dans mon lit pour me reposer. Quand l'école va être finie, je vais peut-être téléphoner chez Marilou pour l'inviter au Cinéflex voir un film avant six heures, parce qu'avant six heures c'est cinq dollars. Comme ça, dix dollars ça va être assez. D'autant plus que je n'oserai pas téléphoner à Marilou. Ça fait cent fois que j'y pense, mais je ne le fais jamais.

En entrant chez la fatikante, je me rappelle que les vieux – à commencer par mes parents – sont pointilleux pour toutes sortes de niaiseries. Chez nous, en entrant, je n'enlève mes bottes que si quelqu'un me crie après.

Ici, je les enlève sans qu'on le demande. Pas juste une : les deux, tant qu'à faire.

Il est moins mal élevé que j'aurais pensé. Il enlève ses bottes spontanément. Ce n'est pas comme les jeunes qu'on voit à la télévision. Chaque fois que j'en vois un entrer chez lui en hiver, je crie :

Je sais qu'il ne peut pas m'entendre, mais ça me fait du bien quand même.

Thomas enlève son manteau, le suspend à la patère. Je prends le temps de mieux le regarder. Il n'est pas laid, mais il est habillé comme un petit pauvre.

Je croyais que mes voisins étaient plutôt à l'aise, parce qu'ils ont changé de voiture l'été dernier. Mais rien qu'à voir leur fils, je comprends que leurs finances se portent très mal.

Thomas est vêtu d'un vieux sweat-shirt à capuchon, aux manches tellement usées qu'elles dépassent à peine les coudes. Il porte aussi un short fatigué, qui descend jusque sous les genoux, par-dessus un pantalon usé à la corde. Et même si je veux bien croire que ses chaussettes sont propres, je vois qu'elles sont trouées.

Mais la meilleure preuve que mes voisins sont ruinés, c'est les cheveux de leur fils. Il y a toujours eu des jeunes aux cheveux longs. Ceux de Thomas ne sont pas seulement longs. Ils sont coupés tout croche. Ses parents n'ont pas de quoi lui payer un barbier, ni du shampooing, ni même un peigne. C'est à pleurer.

— Je peux avoir mes dix dollars ?

Bien sûr. Et pas seulement dix. Je sors un billet de dix dollars de mon porte-monnaie.

— Tiens.

Il a l'air content. J'ajoute un billet de cinq.

— Ça, c'est pour le shampooing.

Elle veut que j'aille lui acheter du shampooing ? Si ça peut lui rendre service. Je la suis dans la cuisine. C'est une vraie cuisine de l'ancien temps. Le frigo est vert pâle et il n'y a même pas de micro-ondes.

La vieille fouille dans ses armoires pendant cinq minutes avant de dire :

Je dois faire la grimace, parce qu'elle me sert un verre de lait, même pas au chocolat. Comme si j'étais un bébé naissant.

Dans le fond, c'est drôle : les choses qu'on aimait quand on était petit, on ne trouve plus ça bon quand on est grand. Quand j'étais petit, j'aimais le lait au chocolat, les pastilles à la menthe, toutes sortes de bonbons qui feraient rire de moi si mes amis me voyaient en manger aujourd'hui.

Plus tard, je vais boire de la bière, comme mon père. J'y ai déjà goûté, en cachette. C'est affreux, mais quand je vais être grand je vais aimer ça comme tous les grands.

C'est comme la cigarette. J'ai fumé une fois avec des copains dans la cour d'école. Je me suis étouffé. Ils ont ri de moi. Ils m'ont dit qu'après quelques paquets on finit par trouver ça tellement bon qu'on n'est plus capable de s'en passer.

Un jour, il va bien falloir que je m'y mette pour faire comme tout le monde.

En attendant, j'aime autant me contenter d'un verre de lait, surtout quand personne ne peut me voir à part ma vieille voisine.

Finalement, ma journée ne commence pas si mal.

Il y a eu une tempête de neige, mais j'ai fait la connaissance d'un garçon qui n'est pas aussi fainéant que j'aurais pensé.

C'est le frère de Zoé, mais ça ne veut rien dire. J'ai toujours trouvé les filles mieux que les gars. Ce n'est pas elles qu'on voit à la télévision faire des mauvais coups.

Malgré tout, ça m'étonnerait que Thomas soit un voyou. Il est habillé en voyou, mais l'habit ne fait pas le moine, dit un vieux dicton qui doit être encore vrai même si la mode a bien changé.

Je me demande ce qu'il peut penser de moi, lui.

Il sait que je suis la fatigante qui leur pique leur balle de baseball chaque fois qu'ils en envoient une sur ma pelouse.

Que pense-t-il, maintenant qu'il me connaît un peu mieux ? Je me regarde dans le miroir. Je suis coiffée comme une veille. J'ai des vêtements de vieille. Mon frigo date de trente ans. Les couleurs de mes murs étaient à la mode dans les années soixante-dix. Le comble : la télé dans mon salon est noir et blanc. Heureusement, elle n'est pas allumée et Thomas ne peut pas s'en apercevoir.

Mais je me rends compte tout à coup d'une chose terrible : je suis vieille. Pas seulement un peu vieille. Et pas seulement parce que je suis née il y a longtemps. Je suis vieille dans mes vêtements, dans mes meubles, dans ma manière de vivre. Je suis vieille dans ma tête !

Même l'horloge au mur de ma cuisine est une vieille horloge à cadran. Mais ce n'est pas seulement une preuve supplémentaire de ma décrépitude...

Je la vois qui sursaute comme si elle avait reçu un choc électrique dans le derrière. Elle s'écrie :

— Misère ! J'oubliais mon rendez-vous !

Elle court jusqu'au téléphone mural, regarde une feuille fixée à côté avec une punaise. Elle fait un numéro.

— Taxis Cabana ? J'ai besoin d'une voiture. Même que je suis un peu en retard. Je suis au…

Elle est interrompue et écoute en fronçant les sourcils.

— Une heure d'attente ? Il n'a pourtant pas neigé tant que ça. Laissez faire, ce sera trop tard, j'ai rendez-vous à onze heures avec le docteur Lamoureux.

Elle raccroche, grimace.

— Il va falloir que j'y aille à pied. J'espère qu'ils ont déneigé les trottoirs.

Une vieille comme elle, sur des trottoirs glissants, juste après une tempête de neige ? Elle ne se rendra jamais vivante.

Moi, de toute façon, je n'ai plus rien à faire. Il est trop tard pour aller à l'école. Je ne peux pas arriver à onze heures et dire que j'ai été retardé par la neige, ça fait au moins deux heures qu'il ne neige plus. Et si je vais reconduire la vieille chez le médecin, elle va peut-être me payer pour ça aussi. Je demande :

— Vous allez à la clinique de la rue Beaubien ?

— Oui.

— Je vais y aller avec vous. C'est plus prudent.

Elle prend mon visage entre ses deux mains et me donne sur la joue un baiser gluant. Dès qu'elle a le dos tourné, je m'essuie sur ma manche.

Plus ça va, plus je constate que mon petit Thomas est tout le contraire d'un voyou. C'est un garçon adorable, en dépit des apparences. Il se met même à genoux devant moi pour m'aider à enfiler mes galoches.

On dit beaucoup de mal des jeunes, mais j'ai connu des hommes qui ne faisaient jamais ça pour moi.

— Merci, Thomas.

Je mets mon manteau et mon chapeau. Mais je laisse faire ma canne. D'habitude, je la prends pour sortir, surtout en hiver. Mais ça me donne encore plus l'air d'une très vieille petite vieille. Et je n'ai pas envie de faire honte à Thomas, même s'il n'y aura probablement personne dehors pour nous regarder passer.

Nous voilà sur le trottoir. La neige a cessé de tomber. Mais il souffle un vent qui envoie des flocons blancs autour de ma tête. Il faut que je garde la main sur mon chapeau pour l'empêcher de s'envoler.

Le pire, c'est qu'ils n'ont pas déneigé le trottoir. Je me demande ce qu'ils attendent. Que je me casse le cou, une hanche ou une jambe ? Ou tout ça à la fois ?

Heureusement, je peux me tenir d'une main au bras de Thomas. Il est

presque aussi grand que moi. Il l'est
peut-être même autant, parce qu'à mon
âge je commence à marcher courbée. En
tout cas, il est fort et solide sur ses pieds
et me voilà rassurée.

Finalement, j'ai bien fait de me passer
de ma canne. Avec une main sur mon
chapeau et une autre au bras de Thomas,
ça m'en aurait pris trois.

Il vente tellement que j'ai de la misère à rester debout. La fatikante a de la chance de pouvoir s'accrocher à mon bras. Moi aussi, peut-être, de m'accrocher au sien.

Je commence à comprendre pourquoi presque tous les animaux ont quatre pattes. Tous les quadrupèdes, en tout cas. C'est parce qu'on est beaucoup plus solide sur quatre pattes que sur deux. Et c'est ce qu'on est devenus, la vieille et moi, en nous retenant l'un à l'autre : on a quatre pattes, même si on est toujours des bipèdes.

Tiens, j'entends un bruit de moteur. Je tourne la tête. Derrière nous, il arrive une petite machine pour déneiger les trottoirs, pas tellement plus grosse qu'une motoneige. Est-ce que le conducteur nous voit, avec toute la neige qui revole autour de nous ?

Il ne peut pas faire autrement. Mais il fonce vers nous très vite et il n'y a pas de chance à prendre. Je crie :

— Attention, on va se faire écraser !

Mais la vieille ne m'a pas entendu, à cause de son chapeau enfoncé sur les oreilles et du vent qui souffle. J'essaie de la pousser vers le côté. Elle passe à un

cheveu de tomber dans le banc de neige.
Elle se redresse en protestant :

Pas question de la laisser là. La machine est presque rendue sur nous. Je
fais deux pas de côté, je tire le bras de la
vieille qui me suit en rouspétant :

— Tu vas finir par me faire tomber !

Ouf ! La machine nous frôle, mais
sans nous toucher.

J'attends que la vieille me dise merci.
Mais on dirait que les vieux, des fois, ce
n'est pas tellement plus poli que les
jeunes.

J e commence à croire que ce n'était pas une si bonne idée d'aller à la clinique avec Thomas. Il doit avoir besoin de lunettes, parce qu'il nous fait marcher tout croche. Un peu plus et il m'envoyait promener dans le banc de neige.

Au moins, devant nous, il n'y a plus de neige sur le trottoir. Le vent a dû souffler plus fort ici qu'ailleurs.

Je passe encore près de tomber quand nous tournons sur la rue Beaubien, mais je me tiens fermement au bras de Thomas et je reste debout.

Heureusement, il n'y a personne dans les rues. Je n'ai pas très envie qu'on me voie avec un garçon habillé comme ça. Surtout que les gens me prendraient pour sa grand-mère. Mais dans le fond, je pense que j'aimerais mieux être la grand-mère de Thomas que la grand-mère de personne.

Nous voilà à la clinique. Thomas m'ouvre la porte. Il est vraiment galant, pour un fainéant. Seulement avec les vieilles ? Non : je parie qu'il le serait encore plus si j'étais une fille de son âge. Mais peut-être que les garçons d'aujourd'hui sont trop gênés pour être galants avec les filles. Ils étaient déjà comme ça, dans mon temps. Ça m'étonnerait qu'ils aient changé.

Thomas s'apprête à faire demi-tour.

— Je rentre chez nous. Voulez-vous que je revienne vous chercher ?

— J'aimerais mieux que tu restes avec moi. Je vais te payer, si tu veux. Surtout que tu m'as fait épargner un taxi.

— Correct, d'abord.

Mon petit Thomas est galant, mais il aime autant les sous qu'un chauffeur de taxi.

Le pire, dans les cliniques, c'est les magazines.

Ils sont vieux de cinq ou dix ans, comme si ça existait, des abonnements spéciaux pour les vieux magazines. Ou bien les médecins sont tellement occupés qu'ils n'ont pas le temps de lire leurs magazines, alors tous les cinq ans ils font le ménage et mettent la pile dans leur salle d'attente.

En plus, il n'y a que des magazines féminins. Genre *Vicomtesse* et *Décorum*. Avec des photos de belles filles...

Pour le reste, c'est de la décoration, du maquillage et des recettes.

Une fois, j'ai entendu Marilou dire à une de ses amies qu'elle trouve les gars niaiseux. C'est peut-être vrai. Mais au moins nous, les gars, on ne s'intéresse pas à des niaiseries pareilles.

— Viens, Thomas.

C'est la voix de la vieille qui me tire de ma rêverie, juste comme je recommençais à penser à Marilou.

J'entre avec elle dans le bureau du médecin, qui proteste tout de suite :

— Je préférerais vous voir seule, madame Lagacé.

— Je vous jure qu'il ne nous dérangera pas.

— C'est votre petit-fils ?

La vieille ne répond pas. Elle a un sourire qui fait sûrement croire au médecin que oui.

Je ne sais pas si elle a de vrais petits-enfants. Mais moi, me voilà rendu avec trois grands-mères : la mère de ma mère, la mère de mon père et la fatikante. Ça fait beaucoup de grands-mères pour un seul gars.

J'ai un peu honte d'avoir laissé croire au médecin que Thomas est mon petit-fils. Il faut me comprendre. Depuis dix minutes, je voyais ce pauvre Thomas s'ennuyer à mourir à feuilleter des vieux numéros de *Décorum* et de *Vicomtesse*.

Je savais que si je le laissais tout seul dans la salle d'attente, il risquait de prendre la poudre d'escampette au lieu de m'attendre. Et j'ai peur de rentrer chez moi toute seule, sans ma canne. Surtout si la neige recommence à tomber. D'autant plus que le docteur Lamoureux n'a aucune raison de me faire déshabiller.

Nous nous assoyons tous les deux devant le médecin, qui ouvre mon dossier, regarde mes résultats d'examens.

— Tout va très bien, madame Lagacé. Votre cholestérol est stable, votre taux de glucides est impeccable. On revérifiera ça en septembre. Pour l'instant, vous êtes en parfaite santé.

Peut-être, mais je suis vieille. Et je préférerais être un tout petit peu malade, avec cinquante ans de moins.

Je regarde ma montre. Il est onze heures et quart, et d'habitude mes rendez-vous durent une demi-heure. J'ai encore droit à un quart d'heure. Je dis :

— Il aurait fallu prendre un rendez-vous pour lui.

— Vous avez le temps, et puis j'ai l'impression que ses parents ne s'occupent pas beaucoup de sa santé.

— **D**éshabille-toi.

Moi, me déshabiller devant le docteur Lamoureux ? Pas question !

Pour commencer, j'ai oublié de changer de sous-vêtements, ce matin. Quand je vais voir le docteur Nguyen, je mets tout le temps des sous-vêtements propres. Mais le pire, c'est que le docteur Lamoureux est jeune. Et pas seulement jeune. C'est une femme !

Le docteur Lamoureux devrait s'appeler la docteure Lamoureuse. Et elle est juste un peu plus vieille que les filles les plus grandes à mon école. Si je la rencontrais dans un corridor, je la prendrais pour une prof débutante ou une remplaçante. Je ne sais pas comment elle a fait pour devenir médecin si jeune. Mais je sais que je ne me déshabillerai pas devant elle.

Heureusement, elle a deviné que je suis gêné, et elle dit, en riant (de moi, je pense):

— Enlève seulement le haut.

Ouf ! J'enlève mon manteau, mon sweat-shirt, mon t-shirt. Le docteur Lamoureux me fait asseoir sur la table d'examen. Elle prend ma pression.

— 120 sur 80. C'est parfait.

J'aimerais ça, avoir une note pareille, à l'école. Le docteur regarde dans ma bouche, abaisse une de mes paupières pour regarder au fond de mon œil, examine mes oreilles avec une petite lumière. Elle annonce enfin à ma fausse grand-mère :

— Il a l'air très bien, votre petit-fils. Juste une tendance à l'embonpoint. Trop de croustilles et de poutine, je suppose.

Nous sortons de la clinique.

Moi, quand on me parle de nourriture, ça me donne un petit creux dans l'estomac. Midi approche. Ce serait bien si la vieille m'invitait à manger une poutine...

Je suis en bonne santé, mais je découvre que mon faux petit-fils passe son temps à manger des cochonneries. Je vais en parler à ses parents. Mieux encore : je vais lui donner une leçon de bonne bouffe.

— On va aller manger *Chez Claudette*.

C'est le restaurant à côté de la clinique. Il y a toujours un bon plat du jour. Je parie que Thomas préférerait aller en face de l'école, où sont installées toutes les chaînes de restauration rapide, comme Top Burger et Toupoutine. Le docteur Lamoureux vient de lui dire qu'il abuse de ces cochonneries. C'est le temps de montrer à Thomas comment se nourrir.

Chez Claudette, nous nous assoyons à ma table préférée : dans le coin, au fond. Moi, je tourne comme toujours le dos à l'entrée, et Thomas s'assoit en face de moi.

Il s'est emparé du menu et examine la liste des pizzas et des poutines. Moi, je regarde le tableau du plat du jour, à côté de l'horloge. Couscous au poulet et salade de fruits. C'est très bien, ça. Des légumes et des fruits pour les fibres. Du poulet plein de protéines. Et de la semoule comme céréale.

La serveuse s'approche.

— C'est votre petit-fils, ce beau grand garçon ?

— Il s'appelle Thomas.

— Vous vous ressemblez comme deux gouttes d'eau.

Ça me fait plaisir, même si nous n'avons aucun lien de parenté.

Tout à coup, je m'aperçois que je me conduis comme une malotrue. Quand on invite quelqu'un au restaurant, on le laisse choisir ce qu'il va manger.

— Ça te va, le couscous ?

— C'est correct.

J'aime le poulet et les légumes, mais pas ensemble. Surtout que chez nous, c'est mon père qui fait le couscous. Il met des tonnes d'épices. Tellement que Zoé et moi on pleure après deux bouchées. Mon père dit :

— La prochaine fois, je le ferai moins épicé.

Mais la fois d'après, il en remet encore plus.

J'aurais préféré une poutine italienne. C'est comme une poutine ordinaire, sauf qu'au lieu de la sauce brune, c'est une sauce à spaghetti. La sauce aux tomates, c'est des légumes. Le fromage en crottes, c'est un produit laitier. Et les fabricants de frites disent que c'est plein de fibres, les frites. C'est vrai que c'est aussi plein de gras, mais je ne suis pas si gros que ça, même si je suis moins maigre que Kevin Riendeau. Et rien ne me garantit que Marilou me regarderait plus si j'étais plus mince que lui.

Le couscous arrive. Les légumes sont un peu trop cuits. Mais il y a un gros problème : ça n'a pas de goût du tout. Tellement qu'après trois bouchées, je dépose ma fourchette dans mon assiette. La vieille s'inquiète :

— Il n'est pas bon ?

— Il est correct. C'est juste que...

Et là, je suis obligé de dire une chose que je n'aurais jamais crue possible :

— ... il n'est pas assez épicé.

— Nathalie, as-tu de l'harissa ?

La serveuse arrive aussitôt avec un petit bol de sauce rouge. J'en mets deux bonnes cuillerées dans mon assiette. Je goûte. J'en remets encore une.

Si mon père me voyait, il serait fier de moi !

De quoi pourrions-nous parler ? Je devrais demander à Thomas s'il a une blonde. Mais j'ai peur que ça le gêne.

Tiens, j'ai trouvé un sujet qui m'intéresse :

— Pourquoi vous vous habillez tous pareil, les garçons ?

C'est vrai, les gars suivent tous la même mode. Ça s'appelle *grunge*, je l'ai lu dans le journal. Des vêtements trop grands, pas chics du tout. C'est pour ça que j'ai d'abord pris Thomas pour un petit pauvre. Il répond :

C'EST POUR PAS FAIRE COMME LES AUTRES !

J'éclate de rire. Les jeunes s'habillent tous de la même manière pour éviter de s'habiller comme les autres ? À bien y penser, ce n'est pas si nouveau. Moi, j'ai porté la minijupe quand j'étais jeune. Je me croyais très originale, mais toutes les filles de mon âge faisaient pareil. Il paraît que la minijupe a été inventée parce que le prix des tissus venait d'augmenter. Mais je vais vous dire un secret : on l'a toutes portée pour montrer nos jambes et séduire les garçons. Comme les filles d'aujourd'hui qui exhibent leur nombril.

Ce qui m'étonne, c'est que les garçons, eux, cachent leur corps au lieu de le montrer. Pourtant, ils sont très beaux quand on les voit dans les compétitions de plongeon.

— Tu sais, Thomas, j'aimais ça regarder le basketball à la télévision. Jusqu'au jour où les joueurs se sont mis à porter des shorts tellement longs qu'on ne pouvait plus appeler ça des culottes courtes. Pourquoi est-ce que les joueurs de basket cachent leurs jambes ?

Il ne répond pas. Je le vois plutôt plonger le nez dans son assiette. Je me retourne et j'aperçois un gars et une fille de l'âge de Thomas, qui viennent d'entrer.

Marilou et Kevin sont là ! C'est l'heure du dîner, à l'école. Moi, je vais toujours manger à la maison parce que c'est juste à côté. Eux, ils mangent au restaurant quand le menu de la cafétéria ne leur plaît pas. Ou peut-être aussi quand ils veulent être seuls ensemble.

Heureusement, je les ai aperçus avant qu'ils poussent la porte. Et j'ai baissé la tête. Au point d'avoir le nez dans l'harissa. Ça picote. Mais je ne veux pas qu'ils me voient.

J'attends une éternité. J'essaie d'écouter où leurs pas les mènent. Ce n'est pas évident. On dirait qu'il y en a qui vont vers le comptoir et d'autres qui s'approchent de notre table et s'arrêtent. Je relève un tout petit peu la tête et je vois, par terre, à côté de moi, une paire de bottes de fille...

Impossible de faire encore semblant que c'est quelqu'un d'autre que moi qui a mon nez dans mon assiette. Je relève la tête, je m'essuie avec ma serviette de papier. Je suis très embarrassé mais pas totalement fâché, parce que c'est une bonne nouvelle : Marilou a remarqué que je n'étais pas en classe, ce matin. Donc, elle sait que j'existe !

Mais qu'est-ce que je vais dire, moi ? J'ai toujours de la misère à parler quand Marilou est là. Surtout depuis que je l'ai entendue dire qu'elle trouve les garçons niaiseux. Si j'ouvre la bouche, je vais lui en donner une preuve de plus.

Le petit sacripant ! Moi qui pensais que son école était fermée à cause de la tempête. Mais est-ce qu'il me l'a vraiment dit ou est-ce moi qui ai imaginé ça ?

Une chose est sûre : son école est ouverte aujourd'hui et Thomas n'y est pas, puisqu'il est ici.

C'est de ma faute, s'il fait l'école buissonnière. Je lui ai demandé de venir déneiger ma galerie. Et ce gentil garçon a eu pitié de moi : pas question d'abandonner une vieille voisine pendant une tempête pareille. Ensuite, c'est moi qui ai insisté pour qu'il m'accompagne chez le médecin.

Comment aurait-il pu deviner qu'une fille de sa classe viendrait au même restaurant ? En retournant à l'école, elle va sûrement dire qu'elle l'a vu ici. C'est à moi de le tirer de ce mauvais pas. J'explique à la fille, qui soit dit en passant est plutôt jolie :

— Thomas était malade. Je l'ai amené voir le docteur Lamoureux.

— Rien de grave ?

— Un simple rhume, mais j'avais peur que ce soit la grippe.

Et je souligne mon propos en essuyant avec mon mouchoir le nez de Thomas qui

coule peut-être plus à cause de l'harissa que du rhume, mais ça tombe bien, c'est le cas de le dire.

Je sens que Thomas est gêné. C'est parce que je suis là alors qu'il préférerait être seul avec la fille. Je me lève et j'annonce :

— Je vais aux toilettes.

La vieille s'éloigne et me laisse seul avec Marilou, qui ne dit rien, ne me pose plus une seule question. Mais c'est encore pire, parce que je ne sais toujours pas quoi lui dire. Je bredouille enfin :

— Tu peux t'asseoir, si tu veux.

— Non, je suis avec Kevin. J'espère que tu vas aller mieux. En tout cas, ta grand-mère a l'air bien fine. Bye !

Et là, Marilou fait quelque chose d'absolument fabuleux. Elle me donne un baiser.

Pas un baiser sur la bouche, on ne fait
pas ça avec un enrhumé même si c'est un
enrhumé d'harissa. Elle me fait un petit
baiser du bout d'un doigt. Son index se
pose sur ses lèvres et se soulève pendant
qu'elle fait un son qui ressemble à un
bruit de baiser dans les dessins animés.
Ça fait « Pfffut » ou quelque chose d'appro-
chant. Pas assez fort pour que ça se rende
jusqu'à Kevin, à l'autre bout du restaurant. Mais assez pour que mes oreilles
l'entendent.

Et moi, qu'est-ce que je fais, maintenant ? Rien du tout. Je suis incapable de
bouger. Sauf que je sais que je rougis.
Jusqu'aux oreilles. Et jusqu'au bout des
orteils, je gage. Une véritable démonstra-
tion en couleur de la niaiserie des garçons.

Je pense enfin à lui retourner son
baiser du bout des doigts. Mais Marilou
n'en voit rien. Elle m'a déjà tourné le dos
pour aller retrouver Kevin. Il est assis
au comptoir, la regarde qui s'approche de
lui. Il voit mon baiser raté et il me lance
un regard méchant, qui me fait presque
plaisir.

Le voilà jaloux de moi, aujourd'hui,
peut-être autant que je suis jaloux de lui
tous les jours.

Je viens me rasseoir devant Thomas et je lui demande :

— C'est ta blonde ?

Il secoue la tête. Moi aussi, quand j'avais son âge, je n'aurais jamais osé avouer à ma grand-mère que j'avais le béguin pour un garçon. Mais je ne suis pas sa grand-mère et c'est sans doute pour ça qu'il murmure :

— Non, mais j'aimerais ça.

Oh, le drame ! Mon petit Thomas a une peine d'amour. Le pire genre de peine d'amour : il a le béguin pour une fille qui n'a pas le béguin pour lui.

Je n'ordonnerai pas à Thomas de retourner à l'école cet après-midi. D'autant plus que je viens de dire à cette fille qu'il a le rhume. Ce qu'il lui faut, aujourd'hui, ce n'est pas une leçon d'arithmétique ou de français. C'est des conseils.

Mais j'ai eu son âge au milieu du siècle dernier, pas au vingt et unième siècle !

Oui, entre quinze et cinquante ans, j'ai eu des dizaines d'amoureux. Mettons plutôt une douzaine. En tout cas, s'il y a une chose que je sais, c'est ce qui plaît à une femme. Et ça, ça ne change pas d'un siècle à l'autre.

VEUX-TU QUE JE TE DISE COMMENT ON PEUT FAIRE, À TON ÂGE, POUR PLAIRE À UNE FILLE ?

— Oui, j'aimerais ça.

— Mais avant, il faut que tu me promettes une chose. Que tu ne manqueras plus l'école à moins d'être malade pour de vrai. Même s'il y a une tempête de neige et que ta fatigante de voisine te demande de venir déblayer sa galerie.

Il accepte à voix basse :

— D'accord.

On est déjà au mois de mars. C'était peut-être la dernière tempête de l'hiver. C'est pour ça que j'ai répondu « D'accord… pour cette année. » C'est vrai que j'ai dit « pour cette année » pas fort du tout. En tout cas, pas assez fort pour être entendu d'une vieille un peu sourde.

De toute façon, elle n'a pas envie de m'écouter. Elle veut juste me donner des conseils :

— Pour plaire à une fille, le plus important c'est lui montrer qu'elle te plaît…

… Mais ris de ses blagues. Aie l'air désolé si elle dit quelque chose de triste. Reste avec elle quand tu penses qu'elle est contente que tu sois là. Mais va-t'en vite si tu sens qu'elle veut être seule.

— Oui, mais…

— Oui, mais s'il y a un autre garçon qui semble lui plaire plus que toi ? C'est facile : essaie d'être meilleur que lui. Mais pas dans les choses où il est imbattable. S'il est premier en mathématiques, dépasse-le en français. S'il est champion au baseball, lance-toi dans la course à pied. Montre que tu es un gagnant en quelque chose, pas un perdant sur toute la ligne. Les filles aiment les beaux garçons, c'est vrai. Elles ont tendance à commencer par courir après le plus mignon. Mais ça ne dure pas. Tôt ou tard, elles finissent par préférer le plus intelligent ou le plus doué ou le plus capable de réussir dans la vie. Un garçon comme toi, justement.

Moi, un gars qui va réussir dans la vie ? Je ne m'étais jamais vu comme ça. Mais si elle le dit, ça doit être vrai.

J'ai du front tout le tour de la tête ! Me voilà en train de donner des conseils de séduction, alors que je n'ai pas fréquenté d'homme depuis... Depuis quand ? Depuis Jean-Paul, en 1986. Ça fait plus de vingt ans !

Je regarde Thomas en silence. Il ne dit pas un mot, mais je parie qu'il a envie de rire de moi. On n'a vraiment rien en commun. Je suis une petite vieille ratatinée et lui est un beau garçon tout jeune. Il doit être très fort aux jeux vidéo, alors que moi je n'ai jamais réussi à faire fonctionner un four à micro-ondes.

Je fais signe à Nathalie de s'approcher.

— C'est quoi, le dessert du jour ?

Elle tourne les yeux vers le tableau où le menu est affiché pour me montrer que, si je sais lire, je pourrais le trouver toute seule.

— Salade de fruits.

— Deux, s'il te plaît.

J'ai encore oublié de demander l'avis de Thomas. Lui qui est si galant, il doit me trouver bien mal élevée.

Mais je n'ai pas le temps de m'excuser : Nathalie nous apporte nos desserts.

Je commence par ce que j'aime le plus : les cerises. Après, les morceaux de poire. Je garde toujours les morceaux de pêche pour la fin. C'est ma mère qui m'a appris qu'il faut toujours commencer par le meilleur, parce qu'on ne sait jamais quand on peut mourir d'un tremblement de terre ou d'une crise cardiaque. Et si on a commencé par le moins bon, on n'aura pas le temps de savourer ce qu'on aime le plus.

Je remarque que Thomas fait comme moi : il commence par les cerises, lui aussi. Finalement, on n'est peut-être pas si différents, lui et moi.

Moi, je voudrais bien suivre ses conseils. Mais c'est plus facile à dire qu'à faire.

Kevin est meilleur que moi au base-ball. Il lance mieux et il frappe toujours la balle d'aplomb. C'est presque tout le temps lui qui claque la balle sur le terrain de la vieille. Qu'est-ce que je pourrais faire ? L'arbitre, pour le retirer sur trois prises chaque fois qu'il va au bâton ?

En français et en maths, je ne suis pas mal. Comme Kevin. Mais il est meilleur que moi en anglais et en sciences. Il faudrait que je travaille comme un fou pour le battre en n'importe quoi.

Être gentil avec Marilou, ça aussi, c'est facile à dire. Mais pour ça il faudrait que je sois seul avec elle, des fois.

Ça ne marche pas, ses recettes, à la vieille. Je commence à avoir envie de me venger. Et j'en ai assez de parler de moi, surtout quand on ne me laisse pas placer un mot. Je lui demande :

— Vous avez des petits-enfants à vous ? Je veux dire des vrais, pas des comme moi ?

Je pensais qu'elle grimacerait. Pourtant, elle éclate de rire. Mais ça ne dure pas, parce que je la sens tout à coup devenir triste.

— Non. Sais-tu pourquoi ?

Je secoue la tête. Comment je pourrais le savoir ?

PARCE QUE JE N'AI JAMAIS EU D'ENFANTS...

Là, je dois reconnaître qu'elle a une sacrée bonne excuse pour ne pas avoir de petits-enfants. Je n'y avais jamais pensé, mais la première chose à faire quand on veut des petits-enfants, c'est des enfants. Je ne sais pas si je devrais, mais je demande encore :

— Pourquoi ?

Est-ce que j'ai envie de parler de ça ?
Je n'en parle jamais. Ni à mes voisins, ni à ma sœur, ni à mes neveux. Si je n'ai pas eu d'enfants, c'est mon affaire, pas celle des autres. Pourquoi j'en parlerais avec ce jeune voisin que je trouvais détestable hier encore ?

Je le sais : parce qu'il me pose une question et qu'il a l'air de vouloir m'écouter, lui. Il n'est pas du tout comme mes neveux. Eux, ils ne me parlent que de leurs problèmes financiers, parce qu'ils espèrent hériter de moi pour s'acheter des véhicules utilitaires sport. Je dis :

— J'ai eu des amoureux, pourtant...

Thomas m'écoute. Il me croit, ça se voit. Il fait même semblant que ça l'intéresse.

— ... mais je n'en ai jamais rencontré un avec qui j'aurais voulu avoir un enfant. Surtout, pas un seul avec qui j'avais envie de passer ma vie. C'est peut-être pour ça que je suis devenue une vieille fatikante.

J'ai fait exprès pour prononcer *fatikante* comme les jeunes dans le parc quand je leur pique leur balle. Thomas secoue la tête :

— C'est pas vrai.

— Je te jure : si j'avais rencontré

l'homme de mes rêves, j'aurais voulu avoir des enfants.

— Je veux dire : c'est pas vrai que vous êtes une vieille fatigante.

Le voilà en train de me donner une leçon de diction : il a dit *fatigante* au lieu de *fatikante*. Il ajoute :

C'est vrai : des fois on dit des choses qu'on ne pense pas pour de bon. L'année passée, j'ai traité Éric Paquette de tapette. Parce que ça rime. Je ne savais même pas ce que ça voulait dire.

Et puis, une fois, j'ai dit à César Laferrière : « Laisse-moi tranquille, maudit nègre ! » Il m'avait traité de tomate parce que je m'appelle Thomas et que je rougis tout le temps devant les filles, surtout quand Marilou est là.

Après, j'ai eu envie de m'excuser mais j'avais peur de faire rire de moi. Ça fait que c'est César qui est venu le premier me dire : Excuse-moi, Thomas, j'aurais pas dû t'appeler Tomate…

Je n'ai jamais eu aussi honte de ma vie. Je me suis excusé moi aussi, mais j'étais le deuxième, ça compte moins. C'est là que j'ai décidé que la prochaine fois que j'insulterais quelqu'un, j'irais m'excuser le premier même s'il m'a insulté avant.

Mais ça n'est pas arrivé. Il faut dire que ça ne fait que deux semaines, pour l'histoire avec César. N'empêche que j'ai trouvé un truc pour éviter de dire des insultes : je ne les pense même pas dans ma tête.

C'est vrai : moins on le pense, moins on risque de le dire.

Ça me fait penser qu'il va falloir que je cesse d'appeler ma voisine *la vieille fatikante*.

Pas seulement derrière son dos. Dans ma tête, aussi.

En sortant du restaurant, je dis à Thomas :

— Tu peux m'appeler Charlotte, si tu veux. Ça me ferait plaisir.

— D'accord.

Il ne neige plus du tout. Même le vent qui soulevait la poudrerie ce matin s'est arrêté. C'est une de ces belles journées qui me font aimer l'hiver : le soleil est revenu, il fait bon et la lumière est magnifique. Je ne comprends pas pourquoi tant d'aînés fuient ça pour aller passer l'hiver en Floride.

Je sais ce que je devrais faire, maintenant : dire à Thomas que je suis très bien, que je peux rentrer chez moi toute seule.

Comme ça, il pourra continuer son chemin sur la rue Beaubien pour aller retrouver Marilou et ses autres camarades à l'école, au lieu de continuer à parler avec une vieille fatigante comme moi.

Mais je me tais. J'ai encore envie de sa compagnie. Il me semble que ça rajeunit d'être avec des jeunes. Je vais tout simplement le laisser faire comme il veut.

Nous voilà au coin. Moi, je vais prendre à gauche et lui va continuer tout droit. Je lui dirai :

— Tu reviendras me voir.

Mais je suis sûre qu'il ne reviendra jamais.

Eh bien non : il ne continue pas son chemin en direction de l'école. Il tourne avec moi sur la Troisième avenue.

Est-ce qu'il veut rentrer chez lui, ou me tenir encore compagnie ? Tout ce que je sais, c'est qu'il n'a pas envie d'aller à l'école.

Oui, j'aurais dû aller à l'école. Mais la fatikante – je veux dire Charlotte – a dit à Marilou que j'ai le rhume. Marilou va le répéter à toute la classe. Si on me voit arriver, elle va passer pour une menteuse.

Mais il y a autre chose. Je ne peux pas laisser Charlotte rentrer toute seule. Le trottoir est glissant. Elle pourrait tomber et se casser le cou.

Et puis je vais vous dire une chose : je pense qu'elle s'ennuie toute seule. Jusqu'à aujourd'hui, je me disais que ce n'était pas de mes affaires. Mais je viens de penser que moi aussi, un jour, je vais être vieux. Moi aussi, je n'aurai personne pour m'écouter. Et même un jeune comme moi qui n'a rien à dire, c'est mieux que rien quand on n'a personne d'autre à qui parler.

Pour ne pas glisser, elle me prend le bras. On est redevenus une paire de bipèdes à quatre pattes.

Oups ! J'ai failli tomber. Elle m'a retenu. Mais c'est elle qui dit :

— Merci, Thomas.

Comme si c'était moi qui l'avais aidée à rester debout. On arrive devant chez elle. Elle s'arrête.

Pas facile de répondre. Pourtant j'y pense souvent. Pas tous les jours, mais au moins une fois par mois.

— Je sais pas…

— Allez, viens chez moi, on va en discuter. Tu ne peux pas aller à l'école, maintenant que j'ai dit à ta Marilou que tu es malade. Tu me ferais passer pour une menteuse.

Nous sommes dans mon salon, chacun avec un verre de lait, même si je préfère la camomille. J'attends que Thomas réponde à ma question.

Mais plus j'y pense, plus je trouve que c'est une question stupide. C'est ce que tous les vieux demandent aux jeunes dès qu'ils ont sept ou huit ans : « Qu'est-ce que tu veux faire quand tu vas être grand ? »

Comme s'ils pouvaient le savoir à cet âge-là. Et comme s'ils n'avaient pas le temps de changer d'idée au moins cent fois avant de se décider pour de bon.

Thomas regarde dehors par la grande fenêtre. Le déneigement bat son plein. Il y a une chenillette sur le trottoir d'en face, et aussi des camions et une souffleuse dans la rue.

Quelle drôle d'idée ! Je réagis trop vite :

— Voyons, Thomas, personne ne peut conduire une souffleuse à longueur d'année. Même en hiver, il n'y a pas de la neige à enlever tous les jours.

Peut-être qu'il a dit ça seulement parce qu'il passait une souffleuse dans la rue. Il a sûrement un rêve d'avenir, mais il n'ose pas me le dire. Je plonge encore une fois dans ce qui ne me regarde pas :

— Et puis, Thomas, personne ne rêve à ton âge de conduire une souffleuse toute sa vie. Tu dois bien avoir un rêve plus beau que celui-là. Ce serait quoi ?

J'ai répondu « conducteur de souffleuse » parce qu'il en passait une devant la maison. Mais puisque Charlotte insiste, je lui dis la vérité :

— J'aimerais ça être chanteur de rock. Mais mon père dit qu'on peut pas gagner sa vie à chanter des chansons.

— Il se trompe, ton père. C'est très bien, chanteur de rock. Comme Roch Voisine ou les Beatles.

On n'a pas les mêmes goûts pour la musique, mais Charlotte ajoute :

— Il y a des gens qui se lancent dans des métiers qui ont l'air d'être des métiers d'avenir, mais qui disparaissent. Moi, j'ai gagné ma vie comme modiste...

... Je me disais : tant que les femmes vont avoir une tête, je vais travailler. Mais un jour les femmes ont cessé de porter des chapeaux de fantaisie. J'ai été obligée de vendre mon magasin et de prendre ma retraite. Au moins, pour devenir chanteur, il faut étudier à l'école toutes sortes de choses qui peuvent être utiles dans d'autres carrières.

Pour devenir chanteur, tout ce que ça prend, c'est une guitare et trois accords. Mais Charlotte pense le contraire :

— Il faut étudier le piano, le solfège, le chant, la danse. Il faut être bon en français, pour écrire des chansons et pour ne pas avoir l'air d'un crétin dans les interviews à la télévision. Il faut apprendre l'anglais, aussi. Et les mathématiques pour ne pas te faire voler tout rond par ton agent. Tu as vraiment beaucoup d'ambition. Je te félicite.

Elle me donne presque envie de me contenter de devenir conducteur de souffleuse.

De la neige, il y en aura toujours. Mais non : tout le monde parle du réchauffement de la planète...

J'espère l'avoir convaincu que ce qui compte, ce n'est pas tellement de trouver le bon rêve, c'est de prendre les moyens nécessaires pour le réaliser.

Il faut d'abord suivre sa passion, quelle qu'elle soit, quitte à réajuster le tir plus tard. Par exemple, si un jeune rêve d'être joueur de baseball, il doit tenter sa chance avant de renoncer.

Justement, le baseball me fait penser à autre chose.

— Dis donc, j'ai un cadeau pour toi ! Viens dans la cave avec moi.

J'ouvre la porte de la cave. J'allume la lumière.

— Suis-moi.

Thomas me suit dans l'escalier.

Je ne descends pas souvent dans ma cave. J'ai trop peur de faire une chute dans les marches. Mais là, j'ai quelqu'un avec moi qui pourrait appeler le 9-1-1… Ou mieux encore le cellulaire de l'agent Moreau.

Si je descends rarement, c'est aussi parce qu'il n'y a ici que des vieilleries qui ne servent à rien. À commencer par mes beaux chapeaux invendus. J'en ai rempli des dizaines de boîtes empilées le long des murs.

Où est passée la boîte que je cherche ?

Ah, je pense que c'est celle qui est au sommet d'une pile et qui a le moins de poussière.

— C'est cette boîte-là. Tu peux la prendre ?

Il se hausse sur la pointe des pieds, prend la boîte que j'ai désignée.

Nous remontons dans la cuisine. Je pose la boîte sur la table. Qu'est-ce qu'il peut bien y avoir là-dedans ? Elle a dit « J'ai un cadeau pour toi. » Un Xbox, ce serait bien, mais ça m'étonnerait qu'elle en ait gardé un dans sa cave.

Des disques, des vêtements ? J'espère que non, parce que je ne pense pas qu'on a les mêmes goûts pour ça.

Charlotte me demande en souriant :

— Tu ne devines pas ?

Comment je pourrais deviner ? La boîte n'est pas transparente. Et elle a dit que je ne devinerais jamais.

— Je donne ma langue au chat.

— Ouvre-la.

Je regarde dans la boîte. Il y a des balles. Je ne sais pas combien. Mais beaucoup de balles. Au moins trente ou quarante, je dirais. Charlotte me demande encore :

— Tu ne les reconnais pas ?

Comment je pourrais les reconnaître ? Ce sont de vieilles balles de tennis. Et rien ne ressemble plus à une vieille balle de tennis qu'une autre vieille balle de tennis.

— Ce sont vos balles de l'été dernier, que j'ai ramassées sur ma pelouse.

C'est pourtant vrai, je les reconnais presque, maintenant. Chaque fois qu'on envoyait une balle sur sa pelouse sans faire exprès (c'était souvent Kevin qui frappait un coup de circuit), Charlotte se dépêchait de la ramasser et de la rentrer chez elle. Ce n'était pas si grave, parce que le père d'Alex Da Costa nous rapportait toutes les semaines de vieilles balles juste un peu usées.

C'est pour ça que, quand Kevin disait qu'on devrait appeler la police pour dire que la fatikante nous volait nos balles, je disais :

— Laisse faire. On en a tout plein.

C'est bizarre, il n'a pas l'air très épaté, mon petit Thomas. Je lui donne une trentaine de balles dont il va avoir besoin pour s'amuser dès que le mois de mai sera arrivé et il n'a pas l'air content.

J'insiste :

— C'est un cadeau. Je te les donne.

Il ne réagit toujours pas. Il pourrait au moins dire merci. Quoique, à bien y penser, ce n'est pas du tout un cadeau. Ces balles-là leur appartenaient. Et plus j'y pense, plus je prends conscience que je les ai volées...

Je me sens obligée d'ajouter :

— En tout cas, je te promets que l'été prochain, je ne téléphonerai pas à la police s'il arrive des balles sur ma pelouse ou si vous parlez dans le parc après dix heures du soir.

Ça ne semble pas impressionner Thomas. De toute façon, je n'ai jamais vu l'agent Moreau les arrêter. Il se contentait de parlementer longuement avec eux.

— Je m'excuse. Je n'aurais pas dû voler vos balles. Mais je ne voulais pas vraiment les voler. Je voulais juste les garder pour vous empêcher de briser mes vitres. Tu sais combien ça coûte, remplacer cette grande vitre-là ?

Il secoue la tête. Il n'en a aucune idée. De toute façon, moi non plus je ne le sais pas. Mais c'est une grande vitre à vitrage double. Ça doit coûter au moins cent dollars, peut-être mille, avec l'essence qui coûte tellement cher maintenant, pour le vitrier qui doit venir en camion.

Charlotte n'a pas de raison de s'excuser. Je lui explique pourquoi :

— On avait toutes les balles qu'on voulait, parce que le père d'Alex est membre d'un club de tennis. Mais vous savez, vous vous énerviez pour rien. Ça peut pas briser des vitres, c'est des balles de tennis.

Elle n'a pas l'air de me croire. Je parie qu'elle ne connaît même pas la différence entre une balle de tennis et une balle de baseball. Une balle de tennis, c'est mou, ça pèse trois fois rien. Une balle de baseball, c'est dur et c'est lourd. C'est pour ça

que quand Alex est allé se plaindre que la voisine avait volé notre balle, son père lui a dit : « Vous jouez avec une vraie balle de baseball ? Vous pourriez casser des vitres. Vous devriez jouer avec des balles de tennis. Je vais vous en donner des vieilles, à mon club on en a à ne plus savoir qu'en faire. »

J'en tends une à Charlotte :

— Regardez, c'est mou, une balle de tennis. Pas assez dur pour casser une vitre.

Elle n'a pas l'air de me croire. J'ajoute :

— Je vais vous montrer.

Je reprends la balle et je la lance dans la vitre du salon. Pas de toutes mes forces

— on ne sait jamais. Mais assez fort quand même pour prouver qu'une balle de tennis ne cassera jamais une vitre.

Comme de fait, la balle rebondit dans la fenêtre et je la rattrape. La vitre n'est même pas fendillée.

— Qu'est-ce que je vous disais ?

Thomas me prend-il pour une vieille idiote ? Il a fait exprès pour lancer la balle mollement. Mais je m'en suis aperçue et je ne suis pas si naïve.

— Laisse-moi essayer.

Je prends une balle au fond de la boîte, je la fais sautiller dans ma main comme on voyait faire les lanceurs des Expos à la télévision. Et je prends mon élan. Thomas se met à crier :

— Pas celle-là, c'est pas une...

Trop tard : la balle est déjà partie de ma main et se dirige vers la vitre. Mais je ne suis pas aussi bonne que les lanceurs professionnels. Oui, j'ai lancé la balle de toutes mes forces. Mais j'ai raté la vitre et la balle frappe le cadre de la fenêtre. Elle rebondit au plafond, puis sur un mur et revient vers moi. Thomas s'élance vers la balle pour l'attraper ou pour me protéger et il la reçoit en plein front.

La balle va rouler en dessous du canapé. Thomas se tourne vers moi en souriant. Mais il vacille un petit moment. Il secoue la tête. Puis il s'écroule sur le plancher. Je me penche sur lui. Il est sur le dos, les yeux fermés, et il ne bouge plus. Je m'écrie :

Le pire, c'est que je ne sais plus où j'ai mis le bout de papier avec le numéro de l'agent Moreau. Je veux bien me livrer à la police, mais pas à n'importe qui...

Je ne pensais pas que Charlotte avait un si bon bras. J'ai seulement été un peu sonné et je n'ai pas perdu connaissance, mais j'ai envie de faire semblant, pour lui apprendre la différence entre une balle de baseball et une balle de tennis.

Elle crie « Je l'ai tué ! » avec un air si désespéré que j'ai peur qu'elle meure d'une crise cardiaque. Et ça, ce serait très embêtant. La police pourrait même dire que c'est moi qui l'ai tuée.

Après même pas une minute à faire le mort, j'ouvre les yeux et je dis en riant :

C'est drôle, parce qu'au baseball on dit d'un joueur qui s'est fait retirer qu'il est mort. Mais Charlotte ne trouve pas ça drôle.

— Tu es sûr ?

Comme si je pouvais être mort et dire : « Je ne suis pas mort » !

— Oui, je suis sûr.

— Dans ce cas-là, j'appelle l'ambulance, pas l'agent Moreau.

Elle se précipite sur le téléphone, fait le 9-1-1.

— Allô? Mon presque petit-fils a été blessé à la tête. Envoyez vite une ambulance.

Je me lève et je crie, assez fort pour qu'ils m'entendent à l'autre bout du fil :

— Non, non, je suis correct !

On a dû m'entendre, parce que Charlotte me donne le téléphone. Une femme me demande :

— Es-tu blessé ?

— Non, j'ai juste une bosse sur le front.

— Comment t'es-tu fait ça ?

— En jouant au baseball.

— Tu joues au baseball au mois de mars ?

Thomas a tout raconté à la femme au téléphone, qui a ensuite demandé à me parler et m'a expliqué que si mon petit-fils avait le moindre malaise – des vomissements, des maux de tête, n'importe quoi – il fallait que je l'amène aux urgences de l'hôpital le plus proche. J'ai promis et j'ai raccroché.

Le téléphone sonne encore tout de suite après.

— Allô?

— Madame Lagacé ? Je suis Éric Aquin, votre voisin.

— Le père de Thomas ? Bonjour, monsieur Aquin.

J'ai dit ça pour que Thomas comprenne que c'est son père qui me parle.

— Justement, je vous téléphone parce que l'école de Thomas vient de m'appeler au bureau. J'étais chez un client et ils n'ont pas pu me rejoindre avant. Thomas n'est pas allé à l'école, aujourd'hui. Et une fille de sa classe dit qu'elle l'a rencontré au restaurant avec sa grand-mère. Mais j'ai téléphoné à ses deux grands-mères et elles ne l'ont pas vu de la journée. Avant de signaler sa disparition à la police, je me demandais si vous pourriez aller jeter un coup d'œil chez nous. Il y a une clé sous le paillasson. Ça ne m'étonnerait pas qu'il soit tout simplement couché dans son lit. C'est le champion des fainéants.

J'éclate de rire !

— Je n'irai pas chez vous, monsieur Aquin. Thomas est ici, avec moi...

J'ai rassuré mon père, sans lui parler de ma bosse au front, déjà presque disparue. Dès que j'ai raccroché, Charlotte me dit :

— Au moins, il y a une chose qui me semble évidente, à moi. Marilou a raconté à ton école qu'elle t'a vu et que tu étais malade…

— Sinon, est-ce qu'elle serait venue te parler, au restaurant ? Sûrement pas. Ensuite, à l'école, elle a dit qu'elle t'avait

rencontré. Ça aurait été bien plus simple
de se taire pour éviter de passer pour une
rapporteuse.

Bon, ça se pourrait que Marilou se
soit un petit peu intéressée à moi parce
que j'étais malade. Mais le problème,
c'est que je ne le suis pas. Une bosse au
front, ce n'est pas une maladie. Demain,
Marilou va bien voir que je n'ai même
pas le rhume. Et je vais redevenir le
Thomas qu'elle voit tous les jours sans
le regarder.

Charlotte s'exclame tout à coup :

— Tu sais ce que tu devrais faire ? Il
est presque quatre heures. Marilou doit
être chez elle. Je suis sûre qu'elle est
inquiète. Tu pourrais l'inviter au cinéma.
Il y a des tarifs spéciaux avant six heures. Je vous paierai le maïs soufflé.

Je ne me vois pas téléphoner à Marilou pour lui dire : « Allô, c'est Thomas, je
ne suis pas du tout malade, tu sais. »

— C'est quoi, son numéro ? demande
Charlotte comme si elle savait que je le
connais par cœur.

Oui, je le connais parce que vingt fois
j'ai voulu le faire sur le téléphone, chez
nous, mais je n'en ai jamais été capable.
Ce qu'il faudrait, c'est que quelqu'un le
fasse à ma place...

J'adore ça, écouter une conversation téléphonique quand j'en entends juste la moitié. C'est amusant essayer de deviner l'autre moitié. Mais cette fois-ci, je n'y arrive pas.

— Marilou ? C'est Thomas. Je voulais juste te dire que ça va mieux. Mon rhume est complètement passé. Puis je me demandais…

À ce moment-là, il y a une pause. Une pause plutôt longue. J'essaie de lire sur le visage de Thomas ses réactions à ce que lui dit Marilou. Mais il fait seulement des grimaces et je ne suis même pas capable de deviner s'il est content ou déçu. Il dit enfin :

— C'est comme tu voudras.

Comment ça, « C'est comme tu voudras »? Ce n'est pas la bonne manière de parler aux filles. On leur dit « Je t'invite au cinéma » ou « J'ai hâte de te voir ». On ne dit jamais « C'est comme tu voudras ». Marilou va le prendre pour une nouille, mon pauvre Thomas, s'il n'est pas capable de l'inviter au cinéma. Le comble, c'est qu'il dit, juste avant de raccrocher :

— D'accord.

Il a échoué lamentablement. Il se tourne vers moi. Il doit être sur le point de pleurer. Moi qui déteste consoler les

cœurs brisés. Mais non : un petit sourire
vient d'apparaître sur ses lèvres et se
transforme vite en grand sourire.

— La maîtresse lui a demandé d'aller
me porter mes devoirs. Marilou dit
qu'elle aime mieux que j'aille chez elle.
On va faire nos devoirs ensemble.

Mon cher Thomas ! Finalement, il
n'est pas si nul avec les filles.

Est-ce que Thomas va revenir me voir ?

J'ai fait venir une caisse de Superade, juste au cas. Je doute que ça soit très bon pour la santé. Mais un vieux dicton veut qu'on n'attire pas les mouches avec du vinaigre. Et c'est sûrement encore plus vrai aujourd'hui que quand ce dicton-là a été inventé.

Tous les soirs, je regarde la météo dans l'espoir qu'on annonce de la neige.

Mais on dirait bien que l'hiver est fini. De toute façon, je ne suis pas sûre que mon plan aurait fonctionné.

Le lendemain de la tempête, j'aurais guetté à la fenêtre du salon jusqu'à ce que Zoé parte pour l'école. Ensuite, j'aurais téléphoné chez les Aquin pour demander à Thomas de venir déneiger ma galerie.

De toute façon, je viens d'avoir une meilleure idée.

Bientôt, l'herbe va recommencer à pousser. Et je vais demander à Thomas de venir tondre ma pelouse. Elle est toute petite et ça ne lui prendra que cinq minutes. Mais je vais lui offrir dix dollars quand même. En plus, je vais lui téléphoner un samedi matin. Comme ça, il n'aura pas à manquer l'école. C'est ce que le gazon a de mieux que la neige :

Je vais appeler Thomas vers onze heures, pas avant.

En tout cas, dès que l'été va commencer, je vais continuer à le regarder jouer au baseball avec ses amis, de ma chaise, sur la galerie. Mais cette année je ne piquerai pas leurs balles. Dès que je vais en voir une tomber chez nous, je vais la ramasser et la leur redonner.

Ça va les épater, de la part d'une vieille fatikante comme moi.

Je m'ennuie, des fois. Les adultes s'imaginent que les jeunes ne s'ennuient jamais, parce qu'on a des PlayStation, Internet, la télévision, des amis, toutes sortes de jeux.

Mais ça ne nous empêche pas de nous ennuyer, de temps en temps. Ma mère dit : « Tu as l'air de t'ennuyer, tu devrais faire ta chambre. » Ça ne marche jamais, parce que faire du ménage, c'est encore plus ennuyeux que de ne rien faire du tout.

C'est vrai que maintenant je m'ennuie moins souvent, grâce à Marilou. Mais je ne peux pas être avec elle tout le temps.

Ça arrive que je m'ennuie tellement que j'ai envie d'aller parler avec Charlotte. Les vieux sont intéressants, parce qu'ils ne sont pas comme nous. Et en vieillissant, je m'aperçois que je m'ennuie plus avec des gens comme moi qu'avec des gens qui sont différents.

Maintenant, j'aime mieux parler avec des filles qu'avec des gars. J'aime mieux parler avec César qu'avec Alex. J'aime mieux parler avec une vieille voisine qu'avec mon père.

L'été approche et ça va me donner une bonne excuse pour aller la voir. Je vais lui offrir de tondre sa pelouse, qui est tellement petite que ça va me prendre

seulement cinq minutes. Je vais le faire
gratis. Je vais aussi lui apporter la bouteille de shampooing qu'elle m'a demandé
de lui acheter. Elle va sûrement m'offrir
un jus de fruit ou du thé glacé. Je vais
accepter même si je déteste ça.

On va se parler. Ou plutôt je vais
l'écouter parce que c'est elle qui parle
presque tout le temps.

Et je pense que c'est ça, la différence
entre les vieux et les jeunes. Nous autres,
quand on s'ennuie, on cherche quelqu'un
à écouter.

Dans la collection
Chat de gouttière

Imprimé sur du papier 100 % postconsommation, traité sans chlore, accrédité Éco-Logo et fait à partir de biogaz.

Achevé d'imprimer
sur les presses de Marquis imprimeur
en août 2006